안양 여성문학회 동인지·4

안양시학

책머리에

다시 가을

문학을 접하면서 가을이란
그 자체로 한 편의 詩였다
안양시학이 불임의 계절을 거쳐 오는 동안
가을은 시가 되지 못한 문장들을
책갈피마다 끼워 두었다
스산한 가을이 스쳐지나갈 때마다
허술한 책장은 바람에 흩어질 듯 넘겨지기도 했다
이 가을

안양시의 문화예술진흥지원금으로
우리의 누추를 다소 가릴 수 있어 감사하다.
삭막한 계절을 건너가는
어느 한 사람의 가슴을 적실 수 있다면
그것을 큰 보람으로 생각하며
감사한 일이라 욕심을 내본다.

안양여성문학회 회장 허인혜

차례

이지호

장정욱

정이진

조은숙

한명원

한인실

허인혜

노수옥

2015년 「시인정신」으로 등단
중앙대 예술대학원 문예창작전문가 과정 수료
안양문인협회, 안양여성문학회, 안양시학 회원
시집: 『사과의 생각』
jadehill1004@hanmail.net

어떤 장례식 외 4편

그는 누군가의 지붕이 되기 위해
열두 개의 뼈대를 가졌다
제 몸을 친친 동여매는 끈과 외발의 몸
곡선의 손잡이와 허공을 찌르는 뿔이 전부
버튼을 누르는 순간 날개를 편다

구름의 유전자가 있어
타고난 후각으로 천리 밖에서 날아오는 비 냄새를 맡을 수 있다
현관 한 귀퉁이에서 바깥에 집중한다

모처럼의 외출
수많은 구름이 찢기고 사선으로 쏟아지는 하늘로
지붕 바깥이 소란하다
돌풍을 막지 못한 그
더는 버틸 수 없어 바람에게 몇 개의 뼈를 내 준다
지붕이 내려 앉는다

뼈를 접골하는 영감이 사라진 골목
그는 가차 없이 버려졌다
먹장구름과 맞서던 몸이 서쪽으로 기운다
부러진 우산
그는 홀로 제 죽음을 치르고 있다

씽크홀

저 아찔한 높이 아래
무엇이든 삼키는 혀가 도사리고 있다
달리는 길도 허공에 매달린 길도
뿌리를 흔들어 순식간에 삼켜버릴

어둠 속에 웅크린 짐승
위용을 자랑하는 빌딩도 그의 먹잇감이다

땅 밑의 어둠까지 다스리려는
과욕이 물길을 막고 굴을 파고 지반을 흔들고
스스로 구덩이를 판다

안전 불감증에 걸린 도시
오늘도 지하에 매장된 어둠을 파헤친다

허기를 견뎌온 그의 근육에 균열이 간다

레드카드를 들고 지하에 숨은 은둔자
그의 마지막 경고가 발밑 어딘가에 숨어있다

똥

그것은

어제, 그제의 것
바람의 것, 먼지의 것, 흙의 것, 물의 것,
어둠과 죽음 슬픔을 건너온 시간의 것

고여 있는 웅덩이의 이끼
내려가지 않는 변기
골목에 버려진 고양이의 사체
탈출구가 없는 젊음
고액체납자의 튀어나온 배
말이 막힌 불통의 시대
열리지 않는 바깥에 갇힌 나
입 다문 채 마지막 배설하고 가신 엄마의 그것

행운의 심리학

잠자리 겹눈으로
사마귀의 입으로
열 개의 손으로

눈을 희번덕거리며
그를 찾아 헤맸다

언젠가는 마주칠 행운을 위해
복권방 긴 줄 끝에 서 있다

숱한 착각
내 눈에 맹점이 있다

장독대

잠깐 졸았는데
꼭 잡고 있던 엄마 손을 놓쳤다
악몽이었다

내가 손을 놓친 것이 아니라
세월 저쪽으로 총총 사라진 엄마를
아는 데는 많은 시간이 필요하지 않았다

계절마다 아파트가 올라가고
옹기종기 모여 모자를 눌러쓴 언니 오빠 모두
어디론가 실려 갔다

집안 대소사를 움켜지던 할머니
방치된 몸에서는 푸른곰팡이가 피었다

철 따라 모자를 바꾸고

몸을 닦아주던 손길이 마른지 오래

슈퍼가 들어서고
뒤란 먼지 쌓인 장독들
뚜껑을 벗겨줄 누군가를 기다린다

류순희

한국문인협회, 안양여성문학회, 안양시학 회원
안양문인협회 편집위원
안성문인협회 문학공로상 수상
moonvic@hanmail.net

뛰면 나는 것 외 4편

배추밭에 메뚜기 한 마리
철모르고 뛰어다닌다

채소가게 빼곡히 누워있던 배추
하나 둘
놀란 토끼처럼 팔려나간다

어제는 시속 5,000보로
오늘은 시속 12,000보로

지갑 속 배춧잎
날개 돋친 듯 폴폴 날아가고
하루아침에
김치가 금치 되는 건 무죄

뛰는 메뚜기 한 철이라는데

울렁이는 앞치마 벗어던지면

배추 값 폭등 잡힐까 말까

마우스

책상 위에 엎드려
찍소리 못하고 산다

언제부터인지
쥐꼬리에 매달린 사연 말 못하고
어제 마신 술기운 덜 가신 듯
하루 종일 딸꾹질 바쁜 돌연변이

아차 하면 큰 쥐한테 등 떠밀리고
걸핏하면 고양이한테 쫓기고 마는 그대
돈 몇 푼에 빌붙어 사느라
때론 화살처럼 때론 삿대질로
막대처럼 버티면서
온종일 꼬리 붙잡고 하루를 건너간다

자존심 한 번 꺾고 꼬리 내리면 그뿐

쌀 한 톨 훔칠 줄 몰라 덜덜 떠는 모습
책상을 빙빙 돌며
쥐꼬리만한 월급봉투에 매달려
오늘도 아슬아슬 줄타기 한다

물이 두렵다

물이 두려운 건
보이지 않는 힘으로 물의 바닥까지 나를
거세게 끌어당길 것만 같기 때문이다

어릴 적 논둑길 옆 웅덩이 지나갈 때면
깊이를 알 수 없는 물이 무서워
논 가운데로 걸어 들어간 일
강을 가로지르는 다리 건널 때마다
오금이 저려 그 자리에 주저앉던 일
해수욕장에서 모래밭 언저리 빙빙 돌다가
두꺼비집만 짓고 돌아온 일

물은 나에게 어떤 위협도 가한 적 없다
날마다 양식처럼 쓰이고 오물을 씻어냈을 뿐
날을 세운 발톱도 독을 품은 맛도 지니지 않았다
단지 넘치거나 기울면

위에서 아래로만 흐르고 싶은 습성
언제라도 틈만 보이면 밀고 들어오는 저돌성

누군가 물의 길을 막았을 때
흐르지 못하는 물의 흥분을 가늠할 수 없어서
난 어처구니없는 두려움을 느끼고 있는 것

오늘은 건너지 못하던 징검다리 건너며
물의 속내를 들여다보았다
오랜 기억 속에서 찾아내지 못했던 수수께끼
어딘가에 숨겨진 비밀 하나쯤 털어놓지 않을까
그럼 난 내 마음에 고요의 연못 하나 들여 놓고 싶다

우체국 가는 길

안양천 산책로
비둘기 한 마리 날아오른다

아침마다 책가방 메고
징검다리 건너던 아이가 지난해 여름
훈련소로 간 이유를 알고 있는 것

아이를 보내고 집에 돌아온 엄마는
날마다 훈련소 홈페이지 기웃거리며
그리움 꾹꾹 눌러
아들에게 인터넷 편지를 쓰곤 했다

가끔은 엄마의 체취 그리울까봐
손가락 사이 땀이 배도록 손편지를 쓰기도 하고
일기 쓰다 잠이 든 듯 아침을 맞으면
마지막 줄은 사랑으로 마무리 지어 집을 나섰다

저기 50미터 앞 빨간 비둘기 집 보이는데
국방색 얼룩무늬 옷 성큼성큼 걸어 나온다

키질

버젓이 바람피우며 살았다

제 몸 가꿀 줄 모르던 여자
허리띠 질끈 동여매고
해마다 가을만 되면 유난히 바람피우며 살았다

겉으로 보아
빈틈없이 잘난 놈이나 쭉정이처럼 못난 놈이나
본색을 드러낼 때까지 비벼대고 까부르면
여민 치마폭에도 굽은 등허리에도
빈 바람이 지나가곤 했다

내 아이 위해서라면
허리 휘어지는 바람쯤이야
피우고 또 피운들 뭐 그리 대수라고

검은 머리 하얗도록
질그릇같이 투박한 손으로
그녀 알짜배기만 고르고 있었다

류순희

하루를 건너가고 있는 강은 길기도 하지만
내가 매일 건너는 하루는 몹시도 짧다.
이제 나의 하루가
조금씩 늦추며 가라고 주문을 건다.

이지호

2011년 『창작과 비평』 시부문 신인상 수상
중앙대학교 대학원 문예창작학과 재학 중
안양여성문학회, 안양시학 회원
bunsmile@naver.com

서늘한 지점

멸종 달력

잎은 틈이다

서늘한 지점 외 2편

한쪽 손이
다른 손의 손톱을 깎을 수 있다는 것은 서글프다

자라면 자란만큼 깎아야 하는 밭은 생의 손톱들
계약서 일조 일항의 내용은 윗사람을 경계하라지만
짧은 밤에도 초승달이 자란다

작은 풀들 까치발로
고개 내밀 듯 자란
파르라니 어린 어둠을 깎으면
새까만 손톱 밑의 시간 같은 서늘함
한 몸도 버려진 기억이 되면
뫼비우스 띠같이 끔찍한 일상이 되는 날들
톡 톡 톡
짧게 더 짧게 깎이고 있다
떠나야 할 날의 날짜를 기록하느라

열 손가락 열 개의 손톱 다 깎고 없다

지루한 오르막과 헐렁한 내리막
스밀 수 없는 임계점
저 서늘한 지점

뼈도 껍질도 피부도 아닌
가까운 각질의 이름 하나 당신에게서 빠졌다

손톱은 절정도 짧고 낙하도 짧다

손톱깎이는 여전히 잘 들고
시간은 빨리 자란다

『창작과 비평』 발표작

멸종 달력

멸종의 목록이 있는 달력엔 우수나 소만도 없다
움트지 않는 고백으로 숫자를 거느린 생몰연대만 있다
반복되는 날짜들
찢어진 꽃잎은 과거로 진화해 갈 뿐이다

철의 씨앗이 가득한 대장장이는 자연의 모양과 그들의 울음소리
로 연장을 만들다 두 손이 멸종에 이르렀나지

기일도 없이 숨어있는 위기의 식물들 혹은 동물들

지린내에 기댄 광릉요강꽃이 휘청거리는 향기로 남는다
자태에 어긋나는
천한 이름이 피우는 말간 슬픔
수명은 도도한 흐름의 방향타다

호랑이도 위협하던 곰이 인간이 버린 아이스크림 나무를 핥는다

동물원에서 불리는
목말랐던 야생의 이름으로 전설이 되어가는
관중이 버린 비굴한 식욕은 무거운 끝을 가진다

동강난 서식지가 달력 안에서 기생하지만
여전히 늘어가는 것으로 가벼워지는 숫자들
윤전기 소리마저 작아지고 있다는 소식과
새로운 종을 생산해 내는 기술의 속도
씨앗은 먼 미래이고 꽃은 멸종의 이름으로 만개해 있다

붉은 표시의 날들 주위로 멸종하는 평일의 한때
생일이 없는 두 발 짐승이
달력을 기웃거린다

『현대시』 발표작

잎은 틈이다

돋아나는 잎은 묵은 것을 새어 나가게 하는 틈

오랜 독에는 시름에 꺾인 잎의 무늬처럼
새잎이 돋아나 있다
작은 금 하나가 내부를 텅 비게 할 수도 있다니
소금기가 밴 시간들
한쪽으로 치워 놓았다

간간한 향은 아직
누군가는 시간이 익었다고 말할지도 모르겠다
담가진 것들이 모두 새어 나갔으니

간장 위에 떠 있던 짠 달은 어디로 갔을까
산새 소리가 장아찌마냥 푹 익어가던 그믐의 한낮

이제는 그늘만이 발효되는 빈 독

그늘에는 금이 가지 않고
장독대 뒤의 나무들은 잎을 내며 조금씩
하늘에 금을 내어 보고 있다.

『시인광장』 발표작

장정욱

2015년 『시로 여는 세상』으로 등단
안양문인협회, 안양여성문학회, 안양시학 회원
42soori@hanmail.net

다섯 시를 지나는 추상 외 9편

서로의 숨결 쪽으로 기울어진 어깨
대각선의 오후로 끄덕이는 턱
기차는 모르는 두 사람을 나란히 앉혀놓았네

달리는 모텔 같기도 한
옆으로 누운 엘리베이터 같기도 한
오월의 추상들이 뒤섞여있었네

돌아선 바다를 사라진 역에 내려놓으며
터널을 통과하는 기차
선반에 올려둔 두 개의 심장이 흔들리네

레일엔 덜컹거리며 줄장미가 피어나고
창속으로 붉게 물들어가는 그림자
기차는 길어진 다섯 시를 지나고 있었네

칸칸의 등이 주름진 커튼을 내리면

눈 뜨지 않는 요람 속

해와 달 사이에서 나는 무수히 태어나고 있었네

2015년 9·10월호 『시사사』 발표작

어떤 동백

산부인과 수술대 위
차가운 기운이 허리 밑을 휘감는다
습한 벽 사이로 울어대는 잔금들
어둑한 천장 위
노란 전등이 흔들린다
하나둘 켜지는 불빛
언 땅, 저 깊고 깊은 곳에서
메스 긁히는 소리를 듣는다
끝없는 잠속으로 휘말려드는 순간
바람 같은 꽃잎들
외마디 비명
귓속에서 소용돌이치는 불안
숱한 봄이 시작 됐던 곳
숱한 봄이 지워졌던 곳
짓무른 꽃잎이 날 비린내로 스친다
이른 봄

창 밖에는
피다만 동백 꽃봉오리 뚝, 떨어진다

연꽃 암실

꽃이 피어난 곳을 입구라 했다
멀찌감치 시간을 거슬러 있는 한 사람
당신은 왜 그곳에 들어가지 않나요

꽃잎이 닫히기 전에 초점을 맞춰야 하는데
하나 둘 셋 셔터가 열리면
웃음 같기도 한
울음 같기도 한 눈동자가
어제 불어온 바람에 흔들려요

물 위에 현상된 얼굴은
아직 진흙을 다 털어내지 못했어요
당신의 떨어진 꽃잎인가요
나를 지워낸 아이인가요

물그림자와 함께 담아둔 오래된 감정이

다시 흙탕물처럼 탁해지고
물결은 구름 한 점 읽어 내지 못해요

셔터의 눈길을 오래 바라보고 있으면
푸른 잎맥을 따라 여자들이
또 그 뒤의 여자들이
찰칵찰칵 다른 표정으로 태어나요

마지막 꽃이 질 때 그곳을 출구라 했다
모두 빠져나간 사진관, 바랜 아이들이
다시 양수 안으로 들어가 깊어지고 있었다

2015년 9·10월호 『시사사』 발표작

셔터를 내리다

저녁이 가까워진 거리 위로 물결이 차르르 내려가고 있었다

붉게 물든 이야기들이 출렁이는 수면을 덮었다

대각선의 눈동자로 말하세요
셔터는 손짓하지만

눈가에 몰려든 햇살 때문에
표정들이 자꾸만 마르기 시작했다

당신의 기억을 담아 둔
왼쪽의 이마가 지워지고

목소리의 윤곽도 서서히 흐려져
빛은 얼굴 밖으로 흘러내렸다

역광 속에서
당신의 그림자는 어두운 기록으로 저물어 갔다

물속과 물 밖의 경계에서 나는 자꾸만 휘어지고
깜깜해진 셔터는
굴절된 표정들을 닫아버렸다

2015년 6월 『시인광장』 발표작

분홍색 운동화

버스 안은 한산하다
혼자 덩그러니 앉아
시집을 읽다가 졸다가

부랴부랴 잠을 깨고
신발을 고쳐 신는데
뒷문 노인 좌석에서
들려오는 한마디
–그 신발 참 가볍겠수

졸고 있던 내 신발을 신고
노인은 어디까지 갔다 온 것일까
연분홍 치마 흩날리던 여인을
그 가벼웠던 시간을 만나고 온 것일까

꿈꾸는 듯 노인의 목소리

-그 젊음 참 가벼웠소
정류장을 내리는 신발이 헐렁하다

질긴 방

잠자리를 찾기 위해 골목을 오르는 그
때 절은 빈털터리 몸
밤하늘 별을 보며 오를 때도
찬 세상 눈을 끌고 오를 때도 있었다
오늘은 그의 말을 들어줄 소주 한 병
든든한 친구가 주머니 속에서 출렁거린다
언덕배기 중턱
후줄근히 서 있는 고무통 하나
편한 역의 신문지 한 칸을 버린 채
그는 자신만의 방을 갖고 싶었다
월세도 없는 친절한 방
납작한 뚜껑을 열면
깊숙한 내부가 한 눈에 들어온다
지붕이 곧 방문으로 통하는 길
둥근 벽에 들러붙은 꾀죄죄한 온기
저 바닥으로 온몸을 구겨 넣으면

모든 문은 세상에서 멀어졌다
손닿을 수 없는 동굴 속
차갑게 버려진 그의 심장을
그래도 품어준 곳은 외진 쓰레기장이었다
탯줄처럼 끊을 수 없는 질기디 질긴 방
쓴 눈물이 끄윽 목을 타고 넘어간다
새벽녘 비틀거리는 목소리
참았던 속에서 토해내는 발길질
놀란 방이 덜컥 눈을 감는다
자던 꽃은 언제 일어나려나
찌릿찌릿 저려오는 관절도 펴지 못한 채
웅크린 태아는 쓸쓸히 굳어간다

사루비아

한여름
땀에 절은 단내가
흙먼지 이는 거리에서
빨갛게 익어간다

주근깨 송송 박힌
계집아이가
책가방 등에 메고
햇빛 사이로
집에 가는 길

조막만한 손에는
십 원짜리 동전 하나
무얼 사먹을까
노상 좌판을 기웃거리면
어느 새

단물이 입 안에 한 가득

꽃밭에 주저앉아
기다란 꽃잎 속으로
빨간 볼 터뜨리며
계집아이 하나가
쪽쪽 빨려들고 있다

대목

어머니는 늘 시장바닥에 있었습니다
지붕도 없는 사계절을 밖에서 보냈습니다
특히 대목일 때는
엉덩이가 시푸리둥둥 얼어도
그 한 데를 떠날 수 없었습니다
양말 쪼가리 들고 목청이 찢어져도
그 한 데를 버릴 수 없었습니다
온 몸이 방패 되어
바람도 노점 철거상도 겁날 게 없었습니다
지나가는 행인들 종종걸음은
자식들 먹일 밥이었습니다

－오늘이 대목인데 많이 팔았수
찬바람이 살 속으로 후비며 들어옵니다
싸구려 지폐는 흥정 앞에 더욱 뜨겁습니다
인생 몇 바퀴를 돌아서야

어머니가 서 계셨던 그 자리, 시장바닥에
민들레처럼 붙어 앉아
어머니가 뿌려놓은 씨앗 하나
질기게 피워내고 있습니다

이탈

안면홍조를 앓고 있는 낙엽들
한 계절의 목을 똑똑 부러뜨리고 있다
방금 예식을 끝낸 수국 한 송이
신부의 순결을 대신해 모르는 척 화병에 꽂혀 있다
순결은 꺾으라고 있는 거지
손에 잡히는 한 송이를 골라 버스를 탄다
웨딩마치가 들려오긴 했었던가
정체하고 있는 갱년기 때문일지도 모르지
아침나절 분 바르던 손으로 툭 잘라버린 말
하루 종일 소파 밑에서 나뒹굴고 있을 것이다
빨간 잎들이 공중돌기를 한다
몇 바퀴 돌아 결국 버스 바퀴 밑에 깔릴 오늘의 운세인 것을
버스 뒷자리 세 남자들
풍경을 보는 척 말을 건다
라일락인가요
망초꽃인가요

꽃을 매만지는 그들의 흥미로운 눈길
내려야 할 정류장을 지나 그들과 모르는 동네로 들어갈까
겉치 같은 골목이라도 좋으니
듬성듬성 만나는 게 어떨지 물어볼까
꺾이고 싶은 한 송이와 나
나비처럼 날아간 그들의 자리가 덜컹, 방지턱을 넘는다

개망초

지난여름
당신이 놓고 간
숨, 흐드러지게 피었다

시다운 시를 보면
가슴이 설렌다
잘 빗겨진 씨줄과 날줄
그 위에
나비 머리핀 하나….

내 시의 머리칼을 빗는다
나비핀 꽂을
그 자리를 찾아서….

정이진

홍익대학교 미술대학 대학원 회화과 석사과정
개인전: 7회
해외아트페어 및 단체전: 50여회
수상: 경향신문공모전 및 대한민국미술대전 입상 11회
저서: 「샤갈의 눈 내리는 마을」, 「내 눈 속에 살고 있는」
　　　「사랑하나 키우고 싶습니다」 그 외 공저다수
동국대문학인회. 현대여성미술협회운영위원,
안양문인협회, 안양여성문학회, 안양시학 회원
eezin3@hanmail.net

당신 외 9편

몇날 며칠
기다리던 소식
바람결에 들리어

반가움에
맨발로 뛰어 나가보니
예쁜 그림 한 장 배달왔더군요

당신이란
풍경화 말입니다

교차로

목적지도 정하지 않았는데
아이의 재롱에
정신없이 달려온 난
도로 한가운데서
선뜻 내키지 않는
액셀러레이터에 발을 올려놓고
서서히 밟는다
점점 가까워 오는 교차로에서
나는
어느 쪽으로 방향 등을 켜야 하나 망설인다

자동차를 타고
시간에 끌려간 하루가
노을에 진다

신발

문 앞에 어지럽게 널려 있는 신발들

중년의 까만 구두는
피곤에 지쳐 늘어져 있고
한강의 배만큼이나 큰 운동화는
과중한 공부와 스트레스에 밑창이 내려앉았고
작고 앙증맞은 샌들은
발이 커주지 않는다고 투정을 부리며 한 쪽 켠에 서 있다
낡았지만
누구에게나 편안함을 주는 슬리퍼는
항상 제자리를 지키고
날이 밝으면
슬리퍼만 남겨둔 채
모두 외출을 한다
예전에 해진 신발 꿰매 신던 기억 되살리며
지금은 대접받고 산다고 자위하고

오후가 되면 돌아왔다가
아침이면 자기 짝들 찾아
내일을 꺼내 신는다

변화 속에 서 있는

장미 넝쿨이 담장을 넘어와
애간장을 태우더니
어느새 흔적 없이 사라지고
내가 서 있는 자리엔
예고 없이 찾아온 여름이
그늘만 찾게 한다

온 산을 삼키고 허공에 뱉어내는
매미의 절규는
짙푸른 풀 향기에 중독된 것 같았고
무성한 잎새 사이로
추파를 던지던
태양의 강렬한 눈빛은
나를 더욱더 움츠려들게 한다

변해가는 계절 속에 상념은 많아지고

그 계절을 핑계 삼아
서 있는 나는
겨울의 계단을 힘들게 오르고 있다.

풀벌레 울음

가라앉을 듯한 밤의 무게가
서서히 자리 잡고 있는
가을을 목에 싣고
깊은 늪 속으로 들어간다

살며시 바람타고 가버린 이별이기에
밤마다 토해내는 풀벌레 울음
예사로 들리지 않아
조그만 소리에도 귀 기울인다

깊어갈수록 묻어나는 마르지 않는 생각들
내 가슴에 파고들어
가을을 입히고 떠난다

빈자리

겨우내 시린 가슴으로 버티다가
더 이상 숨이 차
주저앉았나 보다
따뜻한 병실에서조차
쓸어내지 못한 추위를 잊기 위해
복 중에 떠난 것일까
금방이라도 문 열고 들어와
울먹이는 나를 달래 줄 것 같은
며칠이 지나도 실감하지 못한 아쉬움이
먼저 찾아와 힘들게 한다

떠나버린 그 자리엔
해마다 기일 하나 자라고 있다

보고 싶은 얼굴

1
그대
포장지로
한 겹 두 겹
여러 차례 포장 해두고
보고 싶을 때마다
한 겹 한 겹
풀어보겠습니다

2
그대 얼굴
숨결로 다가옵니다
포장해둔 기억들
자꾸
희미해져 가고 있습니다

새벽시장

모두 잠든 시간
시장은 부시시 눈을 뜬다
규격이 같은 건물들이 출렁거리고
낮보다 환한 조명이 기웃거리다가
지나가는 사람들을 붙잡는다

들었다 놓았다 망설일 즈음
언니야 부르는 소리에
원가도 안된다는 말을 믿고 산
꼭 끼는 원피스

당장 입을 순 없어도
지나간 젊음이 되살아나
닫혀 있던 세월을
불러 세우는 사이
새벽이 들락거리고 있다.

새벽안개

하얀 소복을 한 여인이
아침을 가로막고 서 있다
가끔씩 마주치는 청소부는
도망 다니는 여인의 치맛자락을 쓸어낸다
혹독한 비질에
마음이 들춰져도
금방 다시 뭉쳐지는 골목 안
술렁거렸던 길도
다시 조용해진다

서서히 스며드는 빛의 파장에
길은 이미 갈라져 있어
닫혀있던 문들이 열리고
여인은 옷을 훨훨 벗어 던진다.

가을비

잠시 머물렀던 너의 울음은
아직 전하지 못한 말들이 남아
나뭇가지에 웅크리고 있다
지나가는 바람이 말 걸어 왔지만
잠시 흔들릴 뿐
말은 하지 않았다
누군가 떠날 때를 알아야 한다며
일어섰지만
먹구름이 가로 막는다

석류에 물이 드는 오후

조은숙

안양문인협회 감사, 안양여성문학회, 안양시학 회원
(사)안양시 자원봉사센터 APAP 도슨트 봉사 표창장 수상
자원봉사 활성화 유공 표창장 수상
61107@hanmail.net

시차적응 외 9편

지구 반대쪽 아이와 통화를 했다
여기는 한밤중인데
아이의 목소리는 백야처럼 환했다

머리는 아이를 향해 있었으나
잠에 묻힌 꼬리는 빠져나오지 못해
횡설수설하다 전화는 끊어졌다

자다 깨다를 반복하다 나도
새벽잠 없는 엄마에게
전화나 한 번 걸어 볼까하고
머리맡을 더듬거렸다

아이와는 정반대편에 계신 엄마
시도 때도 없이 전화해댈 나 때문에
휴대폰을 여기 두고 가셨나

폴더를 살짝 열었는데
지울 수 없는 번호 누르기도 전
엄마는 환하게 웃고 있었다

술잔에 이는 파도

6·25 참전이후 보고 배운 게 뱃일이라
발편잠 주무신 적 별로 없는 아버지

원항에서 돌아온 낡고 녹슨 선체는
출렁이는 선박의 수평은 맞추어도
요동치는 뭍의 생활은 다스릴줄 몰라
정박 후에도 높은 파고에 시달렸다

시들지 않는 꽃들로 넘실대는 현충원
봉분 없는 늙은 사병의 묘에는
색 바랜 무궁화 한 송이 꽂혀 있었다

닻을 내리거나 흔들림 없는 독에 들어서도
따끈한 반주로 몸을 녹인 후에야
잠자리에 들곤 하셨는데

탕 없는 국화 메에
무심한 바다빛깔 청주 한 잔 올리고

노부부의 휴가

시간을 잃고 헤매던 흙투성이의 할머니
쑥이라고 캐온 까만 비닐봉지에
할아버지와 함께 지었다는 옛집을 담아오셨다

기억의 곳간은
쥐 오줌으로 얼룩진 천정이며
떨어져나간 문풍지로
엉망이었다

낡고 허름한 시골집에서
치매 걸린 할머니는 창호지에 꽃잎을 붙였고
시각장애 할아버지는 밀가루 풀을 쑤어 바람구멍을 막았다

팔자의 차이

백합 한 송이와 푸른 멜로디가 흐르는
사랑의 메시지를 보냈다

나이만큼의 장미가 꽂힌 꽃바구니와
둘만의 만찬을 상상하는데

– 이런거보내지마
– 오늘저녁회식있다

달력 속 빨간 동그라미에 갇힌
8월 ⑧일 결혼기념일
네 팔자나 내 팔자나

층층시하 납골당

모두가 곤히 잠든 사이
시어머니 홀연히 저 세상으로 가셨다

나는 가요 이제 그만 갈래요
꿈속에 공손히 인사 하더라며
시아버지는 절 한자리 하고는 일어나지도 못했다

어려운 제사 도맡아 하느라
열 두 식구 건사하랴
관광 한 번 다녀온 적 없는데
시어머니의 마지막 여행길은 너무 멀었다

고단한 몸 얼마나 때우고 조였던지
화장 후 남은 뼈를 수습할 때
쇠붙이가 한 줌이나 나왔다는데
나는 눈물이 나지 않아

아이고아이고 곡소리만 냈다

곱게 화장한 시어머니 가족납골당에 모셨다
할아버지 할머니 큰아버지 큰어머니 층층시하 납골당에
시어머니 홀로 두고 돌아서는데

저 세상 가서도 시집살이 다시 할 것만 같아
겨우겨우 매달려 있던 비꼬리
그제야 왈칵 쏟아져 내렸다

매진 임박

출근하는 남편을 뒤로하고 서둘러 티비를 켰다

C몰에서 수묵 산수화 병풍을 내놓았다
조금은 접어야 넘어지지 않는 병풍은
노을 지는 산을 향해 겨우 허리를 펴던
해동갑 어머니처럼 서 있었다

제기세트는 H몰에서 겨우 찾았다
아버지 이맛살 같은 오리목의 구불구불한 결은
마르지 않는 우물처럼 깊었고

물고기의 비늘처럼 반짝이는 쇼핑호스트의 목소리
생선은 O쇼핑의 물이 좋았다

부지런히 채널 품을 팔아 맞춘 제사상
정성껏 고른 제수용품은 쇼핑몰 장바구니에 담아두고

남편 돌아오는 소리에 급하게 티비를 껐다

연초 가배 그 다음은

작은집을 들인 큰어머니
어두운 낯빛은 봉초와 함께 꾹꾹 눌러 태우고
지루하고 긴 시간은 잎담배로 돌돌 말아 피웠다

깊게 빨아들인 궐련 한 모금
고초당초보다 매운 시집살이

며느리를 본 큰어머니는 담배를 내려놓았다
더 이상 시집살이는 없을 거라 여겼을까

며느리가 출근하고 나면 큰어머니는 종일 바빴다
아침 설거지하랴 집안 청소하랴
세탁소에 맡긴 블라우스까지 찾아놓고
커피를 내리기까지

커피메이커의 물이 보글보글 끓고

하얀 수증기가 부르르 일었다가
검고 쓴 진액으로 가만가만 내려앉는, 오후 3시

거꾸로 시작된 시집살이
고초 당초 연초를 믹스한
가배 한 모금으로 삭히는데

놀이방에서 돌아온 손주
달려와 와락 품에 안겼다

반려 악기

뒤란 평상에서 들려오는 엇박자 소리
헛바람이 잔뜩 든 그 소리에
대숲 바람은 서둘러 달아났다

애지중지 시어머니 손 탄 악기라
이러저러지도 못하고 무심한 척 보고 있자니
주름 자글자글한 배불뚝이 그럴싸한 박자를 맞췄다

강약중강약, 수런대던 구름 그늘의 지휘 아래
떨어진 이파리도 서서히 리듬을 타기 시작했다
드르렁, 화음 맞춰 방아깨비 끄덕거리고
꺽, 넘어가는 쉼표에선 뻐꾸기도 날아들었다
푸우, 더위 한풀 꺾이는 소리를 끝으로
뜨거운 여름의 한 소절이 넘어갔다

되돌이표를 만난 듯 다시 들리는

음정 박자 무시한 소리
짧고 뚱뚱한 낮잠의 목덜미에 무릎베게 괴어주자
금방 순한 악기로 바뀌어 잠잠해졌다

오카리나

그릇 굽던 친구의 유품 중
붉은 새 한 마리
풍경 삼아 걸었다

다리 밑 비둘기처럼 뒤뚱거리던
눈물 많은 친구
저 죽으면 새가 될 줄 알았을까

잿물 먹은 백색토는
불가마를 거치자
속을 비운 오카리나가 되었다

텅 빈 몸을 돌아
구멍구멍 피어나는 소리는
얼음장 아래 물피리처럼 맑았다

아파트 현관에 둥지를 튼 작은 새는
녹이 슨 명줄을 잡고
나만 보면 울었다

체중계

어수선했던 거실로 고가사다리가 연결되었다

나는 이사 올 때 7.5톤 트럭에 짐을 꽉 채워와
티비도 키우고 소파도 대형으로 바꾸며
몸무게를 장사급으로 더 올려놓았다

아파트는 밤마다 케이크 먹고 불은 몸처럼
빠지지 않는 오십대 나잇살처럼 부풀었다

분가한 아이의 빈자리를 대출금으로 메우며
체중감량에 힘썼으나
눈금은 내려갈 줄 몰랐다

짐이 빠져나간 빈 방
이삿짐 포장에서 밀린 고장 난 체중계
구석의 먼지까지 쓸어 담은 100리터의 쓰레기봉투

눈금을 잃어버린 나는
19층을 내려와서도 한동안 이삿짐 곁에 서 있었다

조은숙

범계사거리에 검을 쥔 황금동상 쿠아트로*
평촌 신도시의 기사 임명을 받은 자들은
로시난테같은 프라이드와 함께
서울을 향해 한 치 망설임 없이 출발했다

안양에서 홍보전단지를 돌리던 청년 선릉에서 만났고
학원가 강사는 강남에 이력서를 냈다

이리저리 부딪히고 깨지는 무모한 돈키호테들
해가 지도록 꿈을 이루지는 못했으나

아침마다 범계사거리에는 초록불이 들어오고
풍차를 향해 돌진하는 라만차의 기사처럼
돈키호테의 출정식은 거침없이 이어졌다

* 2007년 제2회 안양공공예술프로젝트(APAP)에 참여한 레이첼 파인스타인의 작품

한명원

2012년 『조선일보』 신춘문예 등단
중앙대학교 대학원 문학예술콘텐츠 석사재학 중
안양여성문학회, 안양시학 회원
08bada@hanmail.net

120,000 km + 1.2 m

껌과 욕조

라일락 밑에서

120,000km + 1.2m* 외 2편

인류는 어느 날부터
신체적 진화가 시작되었다
귀와 콧소리와 목을 연결하는 색색의 핏줄
양쪽 귀에 귀걸이처럼 부착하고
인간들이 거리를 활보한다
귓속으로 흘러들어 가는 128비트의 피
120,000Km를 돌며 고요의 내부를
지구 밖으로 밀어버린 듯
힘이 솟고 맥박이 뛰고 심장이 부풀어 오르고
눈물이 나고 웃음이 터지기도 한다
그것은 가끔 꿈속까지 연결되어
캄캄한 곳을 돌며
하늘에서 떨어진 별을 실어오기도 한다
눈을 뜨면 별이 사라지기라도
혹여 저 핏줄이 떨어져 나가기라도 하듯
주위를 살피고 또 살핀다

입술을 타고 손까지 흘러넘친 리듬은
손가락 끝으로 빠져나와 사방으로 튄다
128피트의 피는 태초의 말씀
인류 이래 저토록 전지전능한 말들은 없었다
이 말들의 혈압은 곧 나의 피니
너희는 모두 이것을 귀로 마셔라
이미 인간은 새로운 핏줄의 식민지
이것은 새로운 인종의 출현을 실천하고 있다
사람들의 두 손에 절대자의
행성 하나가 놓여있다

* 혈관의 길이 + 이어폰 길이

2015년 5월호 월간 『시와 표현』 발표작

껌과 욕조

여자가 풍선껌을 분다
풍선이 불리고 푸푸 터지는 동안
욕조에 물이 차오른다
동그란 욕조는 누가 부는 풍선인가
입술은 점점 차오르고
여자의 몸이 물속에서 풍선껌처럼 질겅질겅 씹힌다
힘이 빠지고, 눈이 감기고, 몸이 붕 뜨고,
몸에 온기가 돌 때
머리부터 물방울로 변하는 여자
물이 식어가는 순간에 모락모락 피어올라
구름 만지는 아이를, 꽃다발로 묶이는 소녀를,
부풀대로 부풀어 천장에 붕 떠 있다
물속으로 첨벙 얼굴을 담갔다가 떠오르면
피로 물든 물의 깊이가 기억나
푸푸 터지던 아이가 생각나
풍선껌이 집요하게 얼굴에 달라붙는다

욕조의 마개가 열리고
부풀었던 여자의 풍선이
회오리처럼 쭉쭉 빠져 나갈 때
단물 빠진 풍선껌을
바닥에 뱉으면서 욕조 밖으로 나간다
커다란 풍선은 물방울로 바뀌고
쪼글거리는 입과 손이
여자의 몸에 대롱대롱 매달려있다

2015년 여름호 『스토리 문학』 발표작

라일락 밑에서

푸르고도 붉은 빛이 주르르 흘러내린다. 말랑거리다가 딱딱해지는 골목, 그 사이로 부드러운 눈빛들이 거칠게 변한다. 방울 달린 고양이가 힐끗 쳐다본다. 눈 속에 초승달이 콧속에 라일락 향기가 있을 것 같다.

이파리가 잔뜩 들어있는 귓속으로 바람이 분다. 쫑긋거리는 귀 털을 세우는 건 두리번거리는 주위가 있기 때문이다. 만월의 동공, 숨어있던 발톱이 구름 속에서 나오고 꼬리를 세워 달리는 자정.

방울 속 구슬이 미궁 속을 굴러다니고 고개를 돌릴 때마다 저쪽으로 굴러가는 소리.

사랑은 이쪽 아니면 저쪽에 있다는 듯
한쪽 귀가 주파수처럼 움직일 때,
우리는 왜 떠나는 소리에 귀를 쫑긋거리는 것일까.

보이지 않는 방울소리, 고개를 흔들어도 잡아당겨도 떨어지지 않는 소리. 솜털이 가득 묻어있는 비밀이 딸랑거리고 점점 찌그러지며 털이 빠지고 있는 방울소리.

라일락 향기 밑에서 방울을 단 기억이 있어 앞발을 모으고 앉아 있지만 아침은 잠겨있고 밤으로 돌아가는 길은 너무 멀다.

2015년 『시인광장』 1월호 발표작

한 인 실

안양문인협회, 안양여성문학회, 안양시학, 천수문학회 회원
is-han57@hanmail.net

신발 외 9편

늘 헐거운 날들이었어

조금만 방심해도 울컥 벗겨지는
발끝에 신경을 모아야 했지

길은 또 얼마나 사나웠는지

흉터로 남은 무릎의 기억 속에
잠자리 잡으려다
신발에 걸려 넘어진 내가 선명하게 보여

자주 벗겨지는 신발을 달래며
툭하면 시비 거는 길의 눈치까지 보느라
뒤처질 수밖에 없는 시절이었지

지금까지 남들보다 앞장서서 걸어본

기억이 별로 없는 건
어쩌면 미리 겁먹은 용기 때문일지도 모르지

겨울 담쟁이

삭막한 잠 속에 푸른 잎들이 돋아나
걸어 온 길 위에 무성하게 펼쳐진다

시린 날들을 견디며
봄을 기다리는 동안
당신의 시간은 날선 오기로 무장 되었다

맨손으로 시작한 결혼 생활
함지박에 가난을 팔러 다니면서도
가족이라는 든든한 벽이 있어
푸른 날들을 기다릴 수 있었노라고

연약함은 당신이 세상을 살아가는 처세술이었다

한 생애를 무성하게 빛낸 담쟁이
붉은 웃음 머금은 채

차마 멀리 떠나지 못하고 제자리 서성이고 있다

시들지 않는 기억

초록빛 대문을 드나들었던 시절

물기 머금은 구름이 낮게 드리워진 날들이었지

건강하던 아버지가 대문을 들어서다
쓰러진 기억이 떠오르곤 했기에

너 때문이야 화풀이 하듯
함부로 밀치기도 했던 치기어린 행동들

네모에서 세모가 된 가족들
서로에게 기대어 일어서느라
미처 부화 시키지 못한 말들을
저마다 속으로만 삭여야 했었지

문 밖을 나설 때면

뒤도 돌아보지 않았으나
다시 돌아올 거라는
믿음으로 우두커니 바라보던 모습

끝까지 남아 집을 지키던 엄마도 대문도
조금씩 삭아 내리는 시간을
차마 거부 할 수가 없었지

지레 시들 수 없었던 시간들
여전히 기억 속에 푸릇한 흔적으로 남아 있지

옛집

주저앉은 집의 뱃속이 헛헛하다

산으로 둘러싸인 마을에 재개발 바람이 불자
갑자기 목소리가 커진 이웃들
서로를 경계하는 눈빛이 팽팽해졌다

늙어버린 집, 귀는 어두웠지만
눈치로 알아채고 지레 마음의 병이 들었다
어제까지 제자리 지키던 살림살이들
오늘은 천덕꾸러기가 되어 버려지고 태워졌다

여기저기 웃자란 기억들만 허둥거렸다

껍데기만 남은 집에서 밤마다 수런대는
식구들의 말소리가 들린다고
아무나 붙들고 하소연 해보지만

그 누구도 귀 기울이지 않았다

일곱 남매 보듬어 키웠던 집의
뿌리가 시간의 지팡이에 기대어
마음이 원치 않는 방향으로 끌려가고 있다

푸른 밤

벚나무 아래 긴 의자
밤마다 간이침대가 되어 성업 중이다

남루함을 걸친 남자
여름 내내 단골이 되었다

휘청거리는 걸음으로
제 집인 듯 찾아와 한뎃잠이 든다

어디서부터 경로를 이탈한
방황이 시작 되었는지
검은 배낭 하나가 전부인 남자

여름은 노숙하기 좋은 계절

푸른 이파리 지붕 삼아

어둠을 덮고 자는 당신의 잠 속이 궁금하다

남자의 체취에 익숙해진 의자

혼자 있는 밤이면
기다림에 목이 길어지고 있다

가족사진

아들 군대 가서 첫 휴가 나온 날

네 식구 카메라 앞에서
남긴 한 장의 추억

낡은 액자 속에서 여전히 싱싱하다

무수한 시간이 지나 갔는데
변하지 않은 모습이 반가워

기억 속 머물러 있는 그날을 불러보는데

멀리 있는 그리움이 출렁이며
내 안으로 밀려오고 있다

가던 길 멈추고 돌아보면

문득 알게 되는 것들

웃음꽃 피었던 날들이
봄날의 절정이라는 것을

박제된 시간 속으로 오늘이 걸어가고 있다

여름 감기

장마가 오지도 않았는데
내 안에 물꼬가 먼저 터졌다

밤새 훌쩍이느라
무성한 휴지가 제물로 버려졌다

메르스 무서워 병원도 못 가고
집안에서 머리 싸매고 드러누웠다

목이 잠겨 말이 넘어 오지 못하고
입안에서 맴돌기만 했다

약국에서 산 약들이
몸속의 반란 차단하러 들어갔다

길게 낮잠을 자고 뜬눈으로 밤새우고

며칠이 지나니 제법 기운이 났다

지루하고도 힘든 휴식이었다

아직도 장마는 먼 곳에서
마른 인기척만 보내고 있다

민들레

어디서 어떻게 살아야 하는지
묻지도 따질 줄도 몰랐다
지금 서 있는 자리가
최선이라 여기며 열심히 살았다
힘든 현실을 잊으려면
온몸으로 부딪치는 게
약보다 더 효과가 있다는 것도 알게 되었다
안으로만 삭힌 날들이
쓰디쓴 진액으로 남아도
겉으로는 내색하지 않았다
이만하면 제법 약효가 있는 생이었다고
스스로 위안 삼으며 아껴둔 말들을
바람 편에 실려 보내곤 했다
여자라는 이름은 지워진지 이미 오래
하얗게 삭아 내린 모습으로
아무데서나 체머리 흔들고 있다

넥타이

흔들리며 걸어 온 지난 날들이
보풀로 일어선 자리마다 흔적으로 남아 있어
앞만 보고 달려가는
혈기 왕성했던 당신 모습이 보여
어느 봄날 우연히 마주친 눈빛
그렇게 우리의 인연은 시작 되었지
아침마다 당신을 단단히 옭아맨 건
내가 아니라 가장이라는 무게였음을
제대로 읽어내지 못한 서운함에
비틀거리며 아무데나 벗어던지던 모습
잠꼬대를 핑계 삼아 울분을 터트리던
불면의 숱한 밤들도
먼 추억이 되어버린 지금, 가만 보니
당신의 어깨가 한쪽으로 기울어져 있네

능소화

바람둥이 남자가 울안에 가둔 여자

눈망울이 크고 유난히 목이 길었던 모습
호기심에 기웃대는 어린 나에게
과자로 유혹하며 자주 놀러 오라고 했다

분내 가득한 방안이 신기해서 찾아가면
가게 심부름도 시키며 상냥하게 대했다

담 너머로 귀 활짝 열어두고
남자의 발자국 소리 기다리느라
한 동안 여자의 얼굴이 달아올라 있었는데

어느 날 참았던 울음소리
흥건히 밖으로 새어 나오더니
살던 짐 그대로 두고 어디론가 떠나 버렸다

여자가 남긴 흔적들
담 밑에 흩어져 붉게 울고 있었다

그늘을 쫓아다니다 보니 어느새 여름이 지나가고 있었다.
크고 작은 일상의 부침을 겪으며
가뜩이나 무딘 감성이 더욱 삭막해져
글을 끼적이다가 스스로 작아져 자책하기 일쑤였다.
혹시 내가 모르는 그 무엇이 있을까?
밑바닥에 쟁여둔 기억들 수시로 들추어 보았으나
설익은 생각들만 난전에 물건처럼 늘여 놓았다.
이제 지친 마음 내려놓고 가을 마중 나가려 한다.

허인혜

제1회 평택생태시문학상 우수상 수상
안양문인협회 부회장, 안양여성문학회, 안양시학 회원
herdk@hanmail.net

그림자 외 9편

바람이 분주해졌다
꼭꼭 걸어 닫았던 여름 가로수 터널이 말문을 튼다
촘촘히 햇빛을 박음질했던 우듬지 솔기가 터져
성긴 그림자가 바람에 끌리고 있다
짙푸른 그늘이 노랗게 발색하는 산책길

여름내 끓던 열기를 부려 놓았던
탁한 길에서 얼룩이 배어 나온다
단단한 껍질로 둘러싸여 나를 통과하지 못한 빛이
복숭아뼈를 물고 예각으로 굴절한다
몸을 빠져나왔으나 어디로도 가지 못하고 맴돌 뿐
정오에는 긴장한 밀착
해 지면 느슨한 족쇄를
발치에 걸쳐놓고 길게 눕는다

가을 햇살로 느슨하게 마름질한 그늘이

슬쩍 불통의 그림자 하나를 끼워준다
한 치의 곁을 주지 않던 가로수 그늘
나를 소통한다

샛길이 키우는 외줄기 길 위에서

갈대들이 품고 사는 천변 산책길
곧거나 휘면서 물길과 동행을 한다

누군가 꺾이면서 휘면서 내려놓은 마음
쌓이고 쌓여 다져진 길
간혹, 움푹 패인 곳에선
흘러가지 못한 질척한 흔적이 발목을 잡았다
양옆으로 길을 양보한 작은 풀잎 사이로
도드라진 성격 같은 환삼덩굴이 불쑥 발을 건다
곧고 단단한 고집이 잠시 중심을 잃고 주춤거린다
올무에 엉킨 길이
허우적대며 빠져 나가 다시 길을 잇고 있다
한층 길어진 유연한 척추가
죽을 힘을 다해 물길을 따라 배밀이를 한다

쌍개울 앞이다

계곡의 수많은 작은 물줄기를 아우른 물길
외줄기로 자란 듯한 길도 무수한 샛길을 품고 자란다

외고집처럼 뻣뻣했던 내 발걸음도
유순하게 길을 따라 물처럼 흘러간다

꽃솥에 봄이 뜸 들다

평생 솥뚜껑 운전만 하다가 돌아가신 어머니 기일
친정집 뜰 한켠이 유난히 환하다
영혼보다 가벼운 나비가
전생을 탐문하듯 향기를 쿡쿡 찔러 본다

늘 속이 끓고
풀풀 한숨과 눈물 쏟던 솥
자존심 같은 까만 윤기 지키려
물기 마를 날이 없었다
뜨겁지 않은 날이 없었다

어머니의 노선은 늘 똑같았다

세대가 바뀌어 솥의 생존 방식이 변했다
무임승차해서
한솥밥 먹던 식구들 목적지에 다 내려주고

비로소 담아본 꿈
부엌을 걸어 나와
철벽같은 밑동에 숨구멍 하나 텄다
꽃대가 밀어 올린 무쇠 솥뚜껑은 간 곳이 없다
가마솥 가득 마가렛 하얀 웃음이 흘러 넘친다
푸른 잎 아우성치며 끓어 오른다

하얀 멧밥, 봄볕에 푹 뜸 들고 있다

나뭇잎배

바람이
나뭇가지에 매어 둔 배 한 척을 진수한다

지난겨울 연못이 발주한 나뭇잎배
벗나무는
여린 봄부터 섬세한 손길로 설계를 했다
여름 햇살로 꼼꼼히 못실을 하고
가을 숨결이 고은 색채로 도색을 했다
공들여 만든 목선 하나
어디 물 새는 곳은 없는지 좌우 균형은 맞는지
먼 바다 물결은 순할지
내내 자리를 뜨지 못하고 지켜본 연못
떠나기 전
빙빙 시운전을 해 본다

스르르 고리를 푼다
이제 출항이다

물억새

맑은 강에 제 그림자 들여 놓고
깊숙이 내려다본다
나부시 머리 숙여 경건하게 합장하고
물결이 읽어주는 가을을 사경 중이다
날 선 시퍼런 잎사귀
깨달음으로 붉어져
순한 녹으로 삭아 내리고
하얗게 일어선 번뇌들은
편편히 흩어져 바람으로 불려간다
산화하는 가벼움 속에는
오래 삭힌 무거운 물기의 흔적이 있다
가만히 가을 강 들여다보고 있으면
거기 잔돌과 함께 수없이 달그락거리며
밑도 끝도 없이 가라앉는
사람 하나 들었다

음악분수

햇볕이 식어가자
그의 심장도 서서히 굳어갔다
죽은 듯 살아 있는
그의 허연 심장 한가운데서
비둘기 한 마리
뭉툭해진 발가락을 모아 심폐소생술을 하고 있다
숨차게 콩콩 뛰다가
부리로 더운 입김을 불어 넣어본다
구급차 소리와 함께
대여섯 마리 비둘기가 비상착륙을 한다
굳어가던 심장이 움찔했는지
벤치 위에 떨어져 있던 낙엽이
그 파동에 빙그르 맴을 돌았다
고개를 갸우뚱거리며 구멍을 들려다보고
바닥을 두드려본다
버드나무 한 가지 길게 늘여 수액을 걸쳐 놓고

"긴 휴식이 필요함"
이라는 처방전을 써놓고
다리를 절며 흩어지는 비둘기
바닥은 저수조 밑에서
젖은 악보를 힘겹게 넘기며
아무도 들을 수 없는 저음으로 연주를 하고 있었다
아이들은 두꺼운 외투 속에 악보를 감추고
물기둥이 서 있던 자리 사이로
현란한 드리블을 하며 공놀이를 했다

디아스포라

가을이 깊어가고 있다
뿌리부터 서서히 끓어 오른 비등점의 차이로
떠나는 시간과 목적지를 결정한다
노랗게 불타고 붉은 화염에 휩싸인 난세지만
푸른 가면을 벗은
각양각색의 표정은 밝고 환하다
나무 정부를 떠나는 보트피플들
숲속 말라가는 연못에 둥둥 떠 있다
마른 풀 위에 위태롭게 걸쳐 있던 것은
바람의 손아귀에 잡히기 일쑤
모였다가 흩어지는 짧은 순간에도
서로를 다독여 버석이는 대화가 있다
모의로 가득 찬 가을 숲엔 햇살도 서늘하다
저 여정의 종착지는 어디일까
단풍의 행방을 따라가다 돌부리에 걸려 넘어졌다
본능적으로 움켜잡은 부엽토

살아 있는 생명체의 질감이다
삭아 내리는 잎맥으로 벌레들을 부양하고
떠나온 나무의 뿌리를 더듬어 가는
마르다 썩은 것들의 정처
이 가을 무수히 떨어져 흩어지고 있다

소리 없는 혁명

군중이 모여들기 시작했다
저수지를 중심으로 시작된 집회
둑을 넘어 찻길을 점령하고 민가를 덮치고
산으로 기어올랐다
구호도 피켓도 들지 않은 평화시위
낮과 밤의 모의는 조용했고 행동은 더 고요했다
다만 하얗게 복면을 한 눈빛은 결연했다

도처에서 벌어진 치열한 싸움
전조등이 수없이 깜박이며 헐떡이고
뱃길은 지워지고 뱃고동은 긴 울음을 토한다
희고 부드러운 바리케이드가 활주로를 막고 있다
손발이 묶인 사람들이 안개 속을 헤맨다

숨 가쁜 앰뷸런스가 시위대에 포위되는 아침
소리만 안개 속을 뚫고 나온다

동녘에서 지원군이 서서히 진군한다
백기를 들고 스르르 무너지는 대열
풀잎에 슬쩍 흔적을 매달아 놓고 사라졌다
신선한 항복이다

만연한 매연과 먼지들이 일시에 전복되었다
소리 없는 무서운 혁명이다

오리배

한 무리 오리들이 포박된 채 비상을 꿈꾼다
퇴화된 날개를 수없이 퍼덕이다 지치면
겨울바람 한 점 덥석 낚아채 허기를 채운다
계절이 철거된 속은 늘 헛헛하다
빨갛게 동상을 입은 발가락은
더 이상 물갈퀴질을 할 수 없다
사랑하는 사람들이 잠시 이별하는 계절
페달이 녹슬어 간다
변심한 강은 길을 모두 지워버리고
지도는 차가운 백지 밑에 숨겨 두었다
사랑의 계절이 다시 돌아올 때까지
뒤뚱거리며 몸의 균형을 바람에 맞춰야 한다
나도 날고 싶다
철새의 v자 대열이 선착장 위에서 출렁거린다
청둥오리 두 서넛 잠시, 대열을 이탈
강바람에 부풀어 오른 깃털을 꼭꼭 여며주고

재정비된 대열을 이끌고 하늘 끝으로 사라진다

햇살은 태양 쪽으로 가속 페달을 밟아간다

세일즈맨

신장개업집, 판을 벌렸다
늘씬한 키 유연한 허리 민첩한 손놀림
경쾌한 음악에 맞춰 리듬을 타는
춤 삼매경에 빠진 사내
지나가는 사람 아무나 붙잡고
한 판 추자고 온몸으로 유혹한다
떡 한 조각
술 한 잔 권하는 사람 없어도
속없는 듯
뼈 없는 듯
얼굴에 환한 미소 직각으로 허리를 꺾는 정중한 인사
무심히 돌아서는 사람을 따라 가보려다
붙박인 발목이 안간힘을 쓴다
힘에 겨워 쓰러질 듯 쓰러질 듯
다시 혼신의 힘으로 솟구친다
그에게 허공은 딛고 일어서야 할 견고한 땅

점포 안 화려했던 조명이 꺼지면
그때서야
허세를 무너뜨리고 푹 고꾸라지는 허풍선이
침대 위에 쪼그라든 그의 지친 잠 속으로
아직 바람이 들락거린다

나를
스치는 우연한 일상들
때론
깊숙한 내해로 흘러들어
오래도록 철썩였다.

주춤거리며 뒷걸음친
물발자국
나는
그를 평생 따라 다닐 것 같다.

안양여성문학회 동인지 · 4

안 양 시 학

초판 인쇄 2015년 11월 11일
초판 발행 2015년 11월 18일

지은이   **안양여성문학회(허인혜 외 8명)**
펴낸이   장호수
펴낸곳   도서출판 시인
　　　　　등록번호 제384-2010-000001호
　　　　　등록일자 2010년 1월 11일
　　　　　430-831 경기도 안양시 만안구 안양1동 668-27번지 B동 2층
　　　　　Tel 031-441-5558 Fax 031-444-1828
　　　　　E-mail : siin11@hanmail.net

© 안양여성문학회 / 2015

ISBN 979-11-85479-04-0   03810

정가는 뒷표지에 있습니다.

※ 이 책은 2015년 안양시의 문예지원기금 일부를 지원받아 제작되었습니다.